# Tuto tricot

*À Jules, Léonie et Constance qui n'auront pas connu les pulls tricotés par ma grand-mère.*


*Loi n° 49.956 du 16 juillet 1949 sur les publications destinées à la jeunesse : mai 2022*
*Dépôt légal : mai 2022*
*Imprimé en France par Aubin Imprimeur à Ligugé*

ISBN 978-2-211-31740-5

Ludovic Lecomte

# Tuto tricot

Illustré par
Irène Bonacina

neuf
*l'école des loisirs*
11, rue de Sèvres, Paris 6e

*Nous ne pouvons pas aider tout le monde,*
*mais tout le monde peut aider quelqu'un.*

Ronald Reagan

# I

- Les présentateurs de la météo
- SuperDoggy
- Marie-Pierre Pelote

Voilà ce que j'ai écrit sur mon cahier de production, ce matin, lorsque la maîtresse nous a demandé de faire deux listes : une liste de ce que l'on déteste (je n'ai pas eu besoin d'y réfléchir très longtemps), et puis une liste de choses que l'on aime. Là, j'ai eu plus de mal. Finalement j'ai noté la mousse au chocolat, les billes et mon papa.

Je sais déjà que la maîtresse va me demander de rester à la récré, comme en CE2, lorsque maman est partie de la maison parce qu'elle en avait assez de se disputer avec papa. Bien sûr, ça m'avait rendu très triste et ça m'avait empêché d'apprendre correctement ma table de six pour le lendemain. Pas de chance, la maîtresse m'avait justement choisi pour aller au tableau. J'avais bredouillé, puis ma gorge s'était serrée, une boule avait grossi dans mon ventre et je m'étais mis à pleurer. La maîtresse avait laissé tomber la table de six et, à la récré, elle m'avait demandé de rester avec elle, pour que je lui explique. Comme je n'arrivais pas à parler, papa avait dû venir, le soir, lui raconter que maman et lui se séparaient. Ma gorge s'était serrée encore une fois et je crois que celle de papa aussi, parce que ses yeux étaient devenus tout rouges et ni lui ni moi n'arrivions à parler. La maîtresse avait l'air très embêtée. «Je comprends», avait-elle dit en serrant la main de papa et nous étions rentrés à la maison.

Je l'aime bien, la maîtresse, elle n'est pas comme les autres adultes que je connais. Aucune adulte ne porte de grosses lunettes et n'a les cheveux attachés avec deux nattes au-dessus des oreilles. Sa voix est douce, elle parle tout bas, comme si elle chuchotait. Elle ne se fâche jamais, même quand Léo et Tom font les pires bêtises. Une fois, pendant une récré, ils avaient volé tous les goûters de notre classe et ils avaient essayé de les échanger avec les CP contre leurs cartes de collection. La maîtresse n'avait même pas crié, alors que c'est quand même une grosse bêtise.

Évidemment, ça n'a pas raté. Je guettais l'heure sur la pendule de la classe : 10 h 28, encore deux minutes avant la récré.

– Bien, rangez vos cahiers et préparez-vous pour sortir. Enzo, tu pourras rester quelques minutes, s'il te plaît ?

Je ne sais pas pourquoi elle ajoute « s'il te plaît », ce n'est pas une question, je n'ai pas vraiment le choix. Tous les copains quittent la classe et je me retrouve seul avec Mme Lebreton. Je me suis toujours demandé si elle vient de Bretagne, si elle connaît Lannion, mais je crois

que ce n'est pas le bon moment pour lui poser la question.

Quand je sors de la classe, Apo m'attend juste à côté de la porte.

– Ça va ? Qu'est-ce qu'elle t'a dit ?

J'hésite quelques secondes, je n'ai pas trop envie de tout raconter à Apo, mais je n'ai pas envie de lui mentir non plus.

Apo, ou Apolline, c'est ma meilleure amie depuis le premier jour d'école, en maternelle. Moi, je pleurais dans le couloir, je ne voulais pas rentrer en classe et Apo était arrivée avec sa maman. Quand elle m'a vu, la maman d'Apo a dit : « Oh, regarde Apolline, ce garçon est tout triste, tu veux bien l'emmener avec toi ? » Alors Apolline m'avait pris la main et je l'avais suivie en essuyant mes yeux avec ma manche. Papa et maman avaient souri à la mère d'Apo – c'est ce qu'ils m'ont raconté plus tard, parce que moi, je ne me souviens de rien – et Apo et moi, on est devenus inséparables.

Alors je ne peux pas trop lui mentir.

– C'est parce que, pour la production écrite, j'ai noté des noms de personnes qu'on aime ou qu'on n'aime pas et elle demandait des choses, des objets, de la nourriture.

Voilà, ce n'était pas vraiment un mensonge. Évidemment, ce que la maîtresse voulait savoir, c'est plutôt pourquoi je n'aime pas les présentateurs météo et qui est Marie-Pierre Pelote.

Pourtant, même si je n'ai pas complètement menti, je sens une petite boule dans mon ventre. Alors j'ajoute, comme pour rendre le mensonge moins gros :

– Et puis, elle m'a dit que je devais mettre un pull pour venir à l'école, que l'automne arrive et qu'il commence à faire froid, que je ne peux plus venir en tee-shirt. Comme si je ne le savais pas…

Là, c'était la vérité. La maîtresse m'avait bien prévenu que demain, je devrais avoir un pull, sinon, elle appellerait papa. Je ne lui ai pas dit qu'un pull, j'en ai un au fond de mon sac.

# II

– Comment je vais faire ? je demande, sans vraiment attendre une réponse.

– Mais pourquoi t'as pas mis de pull ? s'étonne Apo.

– Mais parce que… euh, celui que mon père m'a choisi, il est euh… je ne sais pas, je ne l'aime pas, voilà ! Alors je l'ai caché au fond de mon sac ce matin ! Je préfère avoir froid toute la journée plutôt que porter ce pull !

– Mais pourquoi tu l'aimes pas ? Qu'est-ce qu'il a ? Il est rose avec des franges ?

– Presque… je marmonne.

– Non ? Je ne te crois pas ! Fais voir.

– Non mais on s'en fout de la couleur, je ne l'aime pas, c'est tout !

– T'énerve pas ! J'essaie juste de t'aider.

Nous nous taisons tous les deux.

Je n'aurais pas dû lui parler comme ça. Maintenant, je ne sais pas comment lui dire que je regrette.

– T'inquiète, me rassure Apo, pour le pull, j'ai une idée.

Apo, elle a toujours des super idées pour régler tous les problèmes. C'est pour ça que c'est ma meilleure amie, même si les garçons de la classe se moquent de nous en nous traitant d'amoureux. De toute façon, ça ne dure jamais longtemps, parce que, Apo, elle trouve toujours un truc à répondre. Moi, je reste comme un idiot, à chercher ce que je pourrais dire pour me défendre et elle, *bim*, comme ça, sans réfléchir, elle prononce une phrase qui fait rire tout le monde – sauf celui qui est visé – et ça arrête les moqueries.

Une fois, je lui ai demandé de m'apprendre. On a ajouté ça à la liste des trucs à faire quand on s'ennuie. C'est une liste qu'on écrit dans un petit cahier qu'Apo cache sous son lit. Elle est déjà longue, mais on a toujours plein d'idées et jamais le temps de s'ennuyer.

Et là, vu qu'on doit me trouver un pull pour demain, on n'est pas près de piocher dans la liste. Nous n'en avons plus reparlé de toute la journée, on a juste décidé qu'à la sortie de l'école j'irais chez Apo pour qu'elle m'explique son idée.

Sur le chemin, nous sommes plutôt silencieux. On fait un détour pour acheter le goûter, mais Apo n'a rien voulu me révéler de son plan. Devant la boulangerie, elle me dit :

– Attends-moi, je reviens !

Et elle entre sans que j'aie le temps de répondre. Je me retrouve tout seul sur le trottoir, je la regarde par la vitrine, elle fait la queue derrière deux vieilles dames et un monsieur en costume. J'ai un peu froid. J'espère sérieusement qu'elle a une vraie bonne idée. Je mets les mains dans mes poches et je l'attends. Je remarque alors,

sur le trottoir d'en face, une dame et un enfant, assis sur un carton. La dame porte un vieux manteau troué et sale, avec de la boue en bas. Quelques mèches de cheveux gris dépassent de son bonnet vert, plein de taches lui aussi. Le garçon est allongé, la tête posée sur les cuisses de la dame, ses yeux bleus fixent quelque chose mais je ne sais pas quoi. Ils ne bougent pas ; à côté d'eux, un grand sac en plastique déborde de vieux journaux, de boîtes de conserve, de bouteilles en plastique et, j'imagine, d'un tas d'autres trucs que moi j'ai l'habitude de mettre à la poubelle. Une petite boîte en métal est posée au bord du trottoir, devant eux. Un monsieur qui promène son chien jette une pièce dedans. La dame lève les yeux et remercie en hochant la tête. Elle replace la couverture qui couvre les jambes du garçon et me sourit lorsqu'elle voit que je la regarde. Je détourne vite les yeux et mon cœur s'accélère. Si je continue à la fixer, elle va me demander quelque chose, une pièce ou je ne sais quoi. Et elle me fait un peu peur.

Le plus simple, alors, c'est de faire comme si elle n'existait pas.

C'est ce que m'a dit papa, une fois. Je me rappelle très bien : il m'emmenait voir *Incredible Mister Galaxy* au méga cinéma du centre commercial. Un vieux monsieur aux cheveux blancs, avec une veste militaire vert et gris trouée aux coudes, était assis en haut de l'escalator, une main tendue vers nous. Quand nous sommes arrivés devant lui, il a prononcé quelques mots. Je me suis arrêté pour qu'il répète, je n'avais pas compris.

Je n'ai pas mieux compris, parce que le monsieur ne parlait pas très bien français, mais je n'avais pas besoin de mots pour voir qu'il était très pauvre et qu'il avait besoin d'un peu d'argent pour manger. Papa m'a appelé, puis il m'a attrapé la main pour me tirer vers le cinéma, loin du monsieur. Lorsque je lui ai demandé pourquoi il ne s'était pas arrêté, il m'a répondu :

– Si on commence à lui parler, ça va durer des heures, il ne va plus nous lâcher. Tu sais, ces gens-là boivent souvent beaucoup d'alcool et on ne sait pas comment ils peuvent réagir si tu ne leur donnes pas ce qu'ils demandent. Ça peut mal se terminer, le plus simple, c'est de les ignorer…

J'avais essayé de comprendre, d'expliquer :

– Mais, papa, ce monsieur n'avait pas l'air d'avoir trop bu, il a juste besoin d'un peu d'argent, on aurait pu lui…

– Enzo, c'est gentil de ta part, mais on ne peut pas aider tout le monde…

J'avais protesté :

– Mais c'est pas tout le monde, c'est juste ce monsieur-là !

– Écoute, Enzo, c'est comme ça !

*C'est comme ça*, ça veut dire que la discussion est terminée. C'est le moyen pour papa de montrer que c'est lui qui décide.

– Allez, dépêche-toi, le film va commencer !

Et on n'en a plus jamais reparlé.

Depuis, moi, j'ai peur quand je croise un SDF dans la rue. Je ne sais pas trop de quoi, ni ce qui pourrait arriver, mais mon cœur bat à toute vitesse, mes jambes tremblent et ma bouche est sèche. Alors, chaque fois, je baisse les yeux et j'emprunte un autre chemin, ou je change de trottoir.

Je regarde mes chaussures, j'espère que la dame a arrêté de me sourire. Il fait froid tout à coup. Lorsque je relève discrètement les yeux vers eux, le garçon s'est redressé. Il doit avoir le même âge que moi. Lui aussi, il est en tee-shirt.

– Amène-toi ! me dit Apo qui vient de sortir de la boulangerie.

Encore une fois, je n'ai pas le temps de lui répondre, elle a déjà traversé la rue et se dirige vers la dame et son fils.

– Attends, Apo, tu ne vas pas…

Apo est trop loin pour entendre la fin de ma phrase.

– Je vais plutôt t'attendre là, je…

De toute façon, je n'allais pas lui raconter que cette dame et son fils me font peur. Apo leur tend la baguette qu'elle vient d'acheter, le garçon se redresse et son visage s'illumine d'un sourire. Apo leur fait un signe de la main et revient vers moi :

– Bah, t'en fais une tête !

– Mais, tu les… connais ? je bredouille.

– Ouais, enfin non, pas vraiment. Mais ils sont toujours là, assis sur ce trottoir. Alors, quand ma mère me donne de l'argent pour un goûter, j'achète du pain et je vais leur donner. Ils en ont plus besoin que moi.

– Mais t'as pas peur que…

– … que quoi ? me coupe Apo. Qu'ils me mangent ?

Elle éclate de rire, moqueuse.

– Enzo, tu regardes trop la télé !

– Et pour le goûter ? je demande, un peu honteux.

– Il doit rester des pâtes au thon dans le frigo. C'est ma mère qui les a faites, pour une fois qu'elle cuisine ! Tu vas voir, c'est trop bon ! Allez, grouille-toi, tu vas finir par attraper froid !

En disant ça, elle retraverse la rue sans m'attendre. Je ne sais pas si elle plaisante ou pas, pour les pâtes. La dame est en train de couper un morceau de pain qu'elle tend au garçon. Elle me sourit et me fait même un signe de la main.

– Qu'est-ce qui t'arrive ? On va régler ce problème de pull ? demande Apolline de l'autre côté du trottoir.

Je baisse à nouveau les yeux, la gorge sèche, et je fonce rejoindre Apo.

– Attends-moi !

# III

– Alors, vas-y, sors ce pull !

J'attrape mon cartable que j'avais lancé sur le lit d'Apolline le temps de prendre le goûter. Finalement, il ne restait plus de pâtes au thon et on a dû manger un morceau de brioche avec du chocolat. La brioche était très bonne, mais, vu la tête d'Apo en ouvrant le frigo, je me demande si elle n'aurait pas préféré les pâtes. J'extirpe mon pull, caché en boule sous le cahier de poésies, le livre de lecture et mon agenda.

– Ah, oui ! effectivement, soupire Apolline. Je comprends mieux pourquoi tu ne l'aimes pas.

Le pull que je tiens devant moi, comme si je voulais voir s'il est à ma taille, est gris avec des

manches rouges. Et sur le devant, SuperDoggy porte son costume de Super Chien. Il a un os dans la gueule et il fait un clin d'œil.

– SuperDoggy, c'est vraiment un truc de bébé, ajoute Apo.

Moi, je reste silencieux. Je ne peux pas porter un pull SuperDoggy à l'école.

J'adorais SuperDoggy.

Mais AVANT !

Je ne ratais jamais un épisode, j'attendais le moment où, grâce à ses oreilles supersoniques, ce chien qui avait toujours l'air de dormir entendait quelqu'un appeler à l'aide. Alors, il entrait dans sa niche, croquait un biscuit en forme d'os

et, quand il ressortait, il portait une cape et avait un masque sur les yeux. Il était devenu Super-Doggy, un super chien que tous les méchants craignaient et qui réglait tous les problèmes. J'avais même eu la figurine et la niche pour Noël, et mon SuperDoggy en plastique a sauvé les poupées d'Apo des tas de fois quand on jouait dans ma chambre, le mercredi après-midi.

Mais Apo a raison, c'est un dessin animé pour les petits de CE2. Si je viens à l'école avec ce pull, toute la classe va se moquer de moi.

– Mon père est sûr que je suis encore hyper fan de SuperDoggy.

– Mais il vient d'où, ce pull ?

– Bah…

Pour la deuxième fois de la journée, j'hésite. Je ne peux pas avouer la vérité à Apolline. À la place, je lui explique :

– C'est mon père qui me l'a acheté. Il avait préparé son coup, fait un super paquet-cadeau, il avait l'air tellement content de lui. Pendant que je déchirais le papier, il m'a raconté qu'il avait dû faire des dizaines de magasins, qu'il l'avait cherché pendant des heures ! Alors, j'ai dit merci et j'ai fait comme si c'était génial ; je ne pouvais pas lui dire qu'il est nul, que c'est un truc de bébé. Depuis, il est sûr que c'est mon pull préféré. Il va me demander où il est si je ne reviens pas avec. Et là, il va m'obliger à le porter encore demain…

Apo ne me répond pas, se lève et se dirige vers son armoire. Elle en sort un pull noir avec un col roulé et me le tend :

– Tiens, essaie ça !

Le pull me va parfaitement. Et on ne voit même pas que c'est un pull de fille.

– Normal, il était à mon grand frère, idiot ! se moque Apo.

– Et tu en as d'autres, des pulls de ton frère ?

Apo répond non d'un signe de tête.

– Mes autres pulls sont des pulls de fille, avec des cols ou des motifs...

– Je crois que je préfère des pulls de filles à des pulls de bébé.

Apo ne répond pas à ma remarque et m'explique son plan :

– Alors, pour demain, c'est fastoche ! Tu pars de chez toi, normalement, avec ton pull et on se retrouve comme d'habitude, devant le portail du chien qui louche. Moi, j'apporte celui-là et on fait l'échange. Comme ça, la maîtresse te fiche la paix et ton père ne saura rien !

Et voilà, encore une fois Apo a eu une super idée.

Elle ajoute :

– Après, on cherchera une solution pour te débarrasser de ce pull... définitivement, je veux dire.

– Merci, Apo ! T'es géniale !

Pour l'instant, je ne lui avoue pas que m'en débarrasser sera impossible.

– Je crois que tu devrais rentrer, ton père va se demander où est son gros bébé chéri !

# IV

Dans la rue, avant d'arriver à la maison, j'enfile le pull SuperDoggy. Papa m'accueille avec un grand sourire :

– Salut, mon Zozo ! Comment s'est déroulée ta journée à l'école ?

– Papa, je ne suis plus un bébé, ne m'appelle pas comme ça, je te l'ai déjà demandé mille fois !

Il ne peut pas s'en empêcher, je vois bien à son sourire qu'il n'est pas près d'arrêter.

– Oui, pardon, mon choupinet des îles en sucre d'orge bicolore en forme de can…

– PAPA !

– Et alors, cette journée ? Tu veux goûter ? J'ai préparé un…

– Non merci, j'ai goûté chez Apo, je réponds en me dirigeant vers ma chambre.

– Si tu veux, j'ai un nouveau modèle, je pourrais te montrer ?

Je m'arrête au milieu du couloir :

– Oui, je vais d'abord faire mes devoirs, et après, tu me montres, d'accord ?

Papa me fait un signe avec son pouce en l'air, un truc qu'il devait faire avec ses copains quand il avait mon âge. J'entre dans ma chambre, ferme la porte et pousse un soupir.

Un nouveau modèle ?

C'est la catastrophe !

Et après, la maîtresse s'étonne que je déteste Marie-Pierre Pelote...

# V

Ça a commencé il y a quelques mois. Quand mes parents se sont séparés, papa s'est mis à travailler à mi-temps, pour avoir du temps pour s'occuper de moi. Il est à la maison presque tous les après-midi, il cuisine, range, fait les courses. Lorsque je suis revenu de l'école ce jour-là, papa ne m'a même pas entendu entrer. Il n'avait rien préparé pour mon goûter. Il était complètement absorbé par son écran d'ordinateur. Je me suis approché et j'ai découvert la vidéo qu'il regardait. Une dame aux cheveux frisés et roux disait :

« … une maille à l'envers, puis une maille à l'endroit et, sur le rang suivant, vous effectuerez une diminution de quatre mailles et alors… »

– Euh, papa, t'es sûr que ça va ?

– Ah, salut mon Zozo, je crois que je vais me lancer dans le tricot ! Ça te dirait que je te fasse un pull ?

Je ne sais plus trop ce que j'ai répondu, j'ai pensé qu'il me faisait une blague, j'ai dû marmonner un truc incompréhensible, certain que ça lui passerait et qu'il ne se mettrait jamais aux travaux d'aiguille.

Et je me suis trompé ! Papa s'est abonné à la chaîne de Marie-Pierre Pelote – la dame aux cheveux roux et frisés –, il est devenu un pro du langage tricot, les mailles coulées ou chaînettes, les augmentations d'emmanchure, le jersey et le point mousse. Et, quand il y a un truc qu'il ne sait pas, Marie-Pierre Pelote a toujours la réponse. Je ne comprends pas comment on peut regarder ce genre de vidéos. Elle explique en même temps qu'elle montre comment on tricote un pull, une écharpe, des chaussettes ou un bonnet… Papa a regardé toutes les vidéos, et même plusieurs fois. On dirait moi quand je regardais SuperDoggy avant. Je pouvais revoir trois fois le même épisode ; même si je connaissais déjà la fin, je restais devant la télé jusqu'au bout. Mais là, ce n'est pas pareil : il ne se passe rien, on voit juste des aiguilles et un fil de laine qui a l'air de s'emmêler avec, en gros plan, les mains de Marie-Pierre Pelote qui s'agitent, et on entend sa voix. On s'ennuie à mourir ! Comment peut-on rester plus de trois secondes devant l'écran sans s'endormir ?

Le lendemain soir, il a absolument voulu me montrer ce qu'il avait acheté : les aiguilles, les modèles, les pelotes de toutes les couleurs. Ensuite, chaque jour quand je rentrais de l'école, je le retrouvais face à l'ordinateur et il me racontait le point de riz, les aiguilles et les diagrammes, les cols en V et en rond...

Je me répétais en souriant que ça finirait par lui passer.

Jusqu'à cette fois où je suis rentré de l'école et papa avait commencé à tricoter pour de bon. Marie-Pierre Pelote face à lui (enfin de l'autre côté de l'écran), il tenait deux aiguilles et des bouts de laine verts et roses s'échappaient de la pelote. Ce soir-là, il n'est même pas venu dîner, il est resté devant son ordinateur. Il y était encore quand je suis allé me coucher. Le lendemain matin quand je me suis levé, il dormait sur son tricot, le visage éclairé par l'écran où Marie-Pierre Pelote – en pause – continuait à sourire avec ses cheveux roux.

Il a bafouillé un truc que je n'ai pas compris lorsque je lui ai demandé s'il avait tricoté toute la nuit, puis il m'a montré son écharpe.

La première !

Rose-vert !

Moche et avec des trous !

Bien sûr, je me suis retenu de donner mon avis. Et, pour une fois, j'ai vite imaginé un moyen d'échapper à cette écharpe :

– Je suis certain que tante Lucie va adorer !

J'ai cru qu'il abandonnerait après. Mais il était assez fier de lui. Alors il a continué à tricoter, les pelotes ont envahi le salon, des aiguilles avec des tricots entamés étaient posées dans tous les coins de la maison.

Des housses (des jaunes et des bleues) pour les coussins du canapé, des petites corbeilles (des orange et des mauves) pour ranger les magazines, des sets de tables (fuchsia) et un grand panier de toutes les couleurs (tricoté avec tous les restes de laine) pour le linge sale. Je commençais à avoir peur que tout l'appartement finisse recouvert de tricot. Nous mangions chaque soir devant un tuto de Marie-Pierre Pelote, qui avait remplacé le journal de 20 heures. Mais, après tout, Marie-Pierre ou les terribles infos de la télé…

Et puis, un soir, alors que je terminais ma mousse au chocolat, papa m'a annoncé :

– Zozo, je vais te faire un pull, Marie-Pierre propose un modèle SuperDoggy très joli ! Ton héros préféré, tu vas adorer !

– Hum hum, j'ai répondu.

Ça m'agaçait qu'il l'appelle « Marie-Pierre » comme s'il la connaissait vraiment. Mais je pensais qu'il n'arriverait jamais à faire un pull, vu qu'il réussissait à peine les écharpes et que le bonnet qu'il avait essayé de tricoter ressemblait plus à une chaussette trop grande qu'à un bonnet.

Il a acheté encore plus de laine, de nouvelles aiguilles, il a imprimé les dessins, les diagrammes, les patrons... À cause de Marie-Pierre Pelote, je me retrouve aujourd'hui avec un pull SuperDoggy de bébé que mon père a tricoté pour moi.

Voilà, mon père tricote !

Impossible de me débarrasser du pull sans faire de la peine à papa, et pas question de dire aux autres, même à Apo, que mon père s'est mis au tricot !

La honte !

Je suis sûr qu'aucun des parents de mes copains de classe ne tricote. Ni leur mère et encore moins leur père. Leurs grands-mères, peut-être... ?

Papa frappe à la porte et entre, une aiguille à tricoter dans chaque main (oui, parce que maintenant il est capable de tricoter sans regarder les vidéos et en marchant !) :

– Au fait, tu as reçu une lettre. Je l'ai posée sur ton bureau.

# VI

J'attrape la lettre et déchire l'enveloppe. Dès les premiers mots je n'ai pas de doute, c'est maman : elle aussi a la mauvaise habitude de me donner des surnoms de bébé. Et de mettre des petites étoiles sur les *i*. Mme Lebreton nous interdit de le faire.

*Salut mon ChoupEnzo,*

*J'espère que tu vas bien ? Ici, à Lannion, il fait encore très beau pour un début d'automne, le climat breton est assez différent de celui de Limoges. Et puis, avec le réchauffement climatique, l'hiver arrive ici de plus en plus tard. Alors tu imagines bien que Laurent a beaucoup de travail !*

*Pour les vacances qui débutent dans 2 semaines, pas la peine de trop charger ta valise en pulls et grosses chaussettes. Les prévisions de Laurent annoncent qu'il va faire plutôt beau ! On pourra se promener sur la plage et peut-être essayer le cerf-volant Mister Foxy que je viens d'acheter !*

*Je t'embrasse fort, mon Enzonounet,*

*Ta maman*

Lannion… C'est là que maman est partie vivre avec Laurent, son nouvel amoureux. Six heures trente et une minutes de route, en voiture, quand il n'y a pas de bouchons. Alors, évidemment, je n'y vais que pendant les vacances, et donc, je ne vois pas beaucoup maman. Ni Laurent, mais c'est moins grave… Je ne l'aime pas trop, Laurent ! Il est météorologue, il étudie les climats, les températures et un tas d'autres trucs auxquels je ne comprends rien. Mais il paraît que son métier est important pour tout le monde, parce que c'est lui qui transmet des informations aux présentateurs météo de la télé et de la radio. Comme son bureau – « Tu veux dire le centre d'étude météorologique, mon grand ! » – est à Lannion, maman est partie vivre là-bas. Depuis, je déteste la météo et ses présentateurs.

Une fois, l'année dernière, pendant les vacances de Noël, il avait neigé et j'avais voulu faire le malin en répétant une phrase que j'avais entendue à la télé :

– La neige en Bretagne, ce n'est pas vraiment un signe de réchauffement climatique !

– On parle plutôt de dérèglement climatique, m'avait rétorqué Laurent.

Il aurait pu s'arrêter là et j'aurais pensé qu'il était sympa, mais, ensuite, il a absolument voulu m'expliquer pourquoi le climat se dérègle.

– Attends, je vais te montrer, avait-il dit en sortant son ordinateur.

Après plusieurs longues minutes à l'écouter me parler en me montrant des cartes de France pleines de couleurs et des photos du ciel, je ne comprenais plus rien du tout, je lui ai demandé si on ne pouvait pas plutôt utiliser son ordi pour regarder un épisode de Galacti-K ! Je crois qu'il n'aime pas trop les séries sur le futur. Il a éteint l'ordinateur et m'a envoyé jouer dans ma chambre. Depuis, je déteste encore plus les présentateurs météo !

Et puis, Laurent peut m'expliquer qu'on parle de dérèglement, ils annoncent du froid pour la semaine alors que l'automne vient juste de commencer. Et ça m'oblige à porter des pulls...

Je relis la fin de la lettre : la bonne nouvelle, c'est ce cerf-volant dont parle maman. Mister Foxy est le pilote du vaisseau galactique, parti depuis des années-lumière à la recherche de la cité perdue et du légendaire Galacti-K. C'est mon personnage préféré de la série ! Maman me donne des surnoms de bébé, mais au moins elle sait que je n'ai plus l'âge de jouer à SuperDoggy. C'est trop cool !

Mais ma joie retombe assez vite, parce que je dois faire mes devoirs. Je ne l'ai pas dit à Apo, mais la maîtresse m'a demandé de refaire ma production écrite, soit en changeant les trois choses que je déteste, soit en expliquant pourquoi j'ai écrit ces trois-là. Je devrais peut-être lui apporter l'écharpe rose et vert de papa et les cartes météo de Laurent, elle comprendrait peut-être.

# VII

Le lendemain matin, je quitte la maison de bonne humeur. Papa a oublié de me montrer le nouveau modèle de pull qu'il a repéré sur le site de Marie-Pierre Pelote et, pendant le dîner, il a même accepté que l'on ne regarde pas de nouvelles vidéos de tricot. Nous avons dîné dans le calme, en discutant de trucs pas très importants, juste pour parler. J'ai voulu lui raconter ce qu'Apo avait fait de l'argent de son goûter, puis je me suis retenu, sans savoir vraiment si c'était parce que j'avais honte de ma réaction ou parce que j'avais peur de la réaction de papa.

Pendant tout le trajet à pied, je tiens mon manteau fermé, pour cacher mon pull. Même si c'est un pull de bébé, je suis content de l'avoir ce matin, parce que le temps s'est refroidi. « Sacrément déréglé même », dirait Laurent en articulant comme un présentateur météo.

Quand j'arrive au bout de la rue de l'école, Apo n'est pas devant le portail du chien qui louche. C'est là que nous avons l'habitude de nous rejoindre chaque matin pour terminer ensemble le chemin jusqu'à l'école. On fait ça depuis le CE1, et une fois un tout petit chien s'est mis à nous aboyer dessus à travers le portail blanc. On s'est penchés pour le regarder et Apo a éclaté de rire en disant : « Tu trouves pas qu'il louche ? » Depuis, on appelle cet endroit comme ça, le portail du chien qui louche. Le chien n'est pas toujours là, mais Apo et moi, on s'y retrouve tous les matins.

Et si Apo oubliait le pull ? Tout à coup, cette pensée me fait froid dans le dos et alors je n'ai plus froid du tout, au contraire. Je la guette, je ne quitte plus le bout de la rue des yeux. J'ai l'impression que ça dure une éternité. Un bus passe devant moi et s'arrête un peu plus loin. Des élèves de ma classe en descendent.

– Salut, Enzo, t'attends quoi ? Tu viens avec nous ?

Tom et Léo ! Je resserre un peu plus mon manteau avec mes mains :

– Salut, les gars, j'attends Apolline ! Allez-y, on vous rejoint.

– Bah, on peut l'attendre avec toi si tu veux ? On n'est pas pressés, c'est pas encore l'heure de l'école !

Aïe aïe aïe ! Il ne faut pas qu'ils restent là, sinon, ce sera impossible de changer de pull. Je dois vite inventer une excuse.

– Non, mais allez-y, elle m'a prévenu que… que… qu'elle va être un peu en retard ! On va courir, mais vous deux, vous ne pouvez pas arriver en retard, la maîtresse vous surveille trop !

– Ouais, dis plutôt que tu veux rester tout seul avec ton amoureuse ! répond Léo.

Tom et lui se mettent à rire et, comme d'habitude, je ne sais pas quoi leur répondre, mais c'est tant mieux. Ils sont sûrs d'avoir raison et courent vers l'école en chantant :

– Il est amoureu-eux ! En-zo est amoureu-eux !

Non, Apo ne peut pas oublier le pull. Elle sait que c'est important,

je peux lui faire confiance. Mais, au bout de la rue, toujours pas d'Apo en vue. Un nouveau bus passe, d'autres élèves de l'école en descendent. Je continue à surveiller la rue. Et si elle était malade et ne venait pas à l'école aujourd'hui ? Les sueurs froides reprennent. Je m'approche de l'abribus, l'écran qui annonce les prochains bus donne l'heure : 8 h 27. Il nous reste trois minutes avant la sonnerie. Si Apo n'arrive pas MAIN-TE-NANT, c'est foutu. Le temps de changer de pull et de courir jusqu'à l'école, nous serons en retard.

Qu'est-ce qu'elle fait ? Je reviens devant le portail, le petit chien se met à aboyer et au loin j'entends la sonnerie de l'école.

Je fixe encore le bout de la rue, les dents serrées. Personne ! Pas d'Apo. Je retire mon manteau puis mon pull SuperDoggy et le bourre dans mon sac. J'appuie dessus, de rage, comme si je voulais le réduire en miettes, le faire disparaître ! Et quand il est bien aplati au fond, caché sous les cahiers, je renfile mon manteau.

Voilà, Apo n'est pas là, je n'ai pas d'autre pull et c'est l'heure.

Lorsque j'entre en classe, je présente mes excuses à la maîtresse, elle me sourit et répond que ce n'est pas grave et me demande pourquoi je suis en retard. Je n'ai même pas réfléchi à ce que je pourrais lui répondre. Je bredouille en allant vers ma place :

– Je ne me suis pas réveillé…

Alors que j'enlève mon manteau, la maîtresse me demande :

– Et c'est pour ça que tu as encore oublié de mettre un pull ? Ce n'est pas possible, Enzo, tu ne peux pas venir à l'école en tee-shirt par ce temps !

Elle ne sourit plus du tout. J'avais aussi oublié qu'elle m'avait prévenu.

– Apporte-moi ton cahier, je vais mettre un mot pour ton père, Enzo, tu dois être habillé plus chaudement !

Je traîne les pieds jusqu'à son bureau et

dépose mon cahier. Je ne vois pas comment je vais m'en sortir. Papa va être furieux. Une grosse boule vient faire des nœuds dans mon ventre, et j'ai envie de pleurer. La maîtresse est déjà passée à autre chose, mais je n'entends rien de ce qu'elle demande. Je reviens à ma table, la chaise à côté est vide puisque Apo n'est pas là. J'espère qu'il ne lui arrive rien de grave. Enfin, de plus grave que ce qui m'arrive à moi…

Je passe toute la matinée à essayer de réfléchir à ce que je vais pouvoir dire à papa, comment je vais lui expliquer que je n'ai pas porté le pull, que je ne l'aime pas trop, à cause de Super-Doggy que plus personne ne regarde en CM1.

Mais je ne trouve rien.

À la récréation, Mme Lebreton me demande de rester, le temps qu'elle écrive le mot pour papa. Elle ne me parle pas, me tend mon cahier et je vois qu'elle est en colère, même derrière ses lunettes roses.

Finalement, elle me laisse sortir sans avoir rien dit. J'aurais préféré qu'elle se fâche, qu'elle crie, au lieu de rester silencieuse. Je m'installe sur un banc de la cour. Même si elle diminue un peu, la boule dans mon ventre est toujours là, et j'ai un peu froid. Si seulement Apo était là… Léo me propose une partie de foot. Après tout, ça me réchauffera et ça m'évitera de penser à la colère de papa.

J'aurais dû partir avec le pull d'Apo hier soir, on a été nuls de ne pas y penser, il y avait largement la place au fond de mon sac.

# VIII

Un peu avant midi, je commence à sentir des picotements dans ma gorge et à avoir des frissons. Je n'arrive plus à écouter la maîtresse, à me concentrer sur l'exercice de maths. Je ne vois plus ce qui est écrit au tableau, je grelotte et je transpire en même temps. Je demande à la maîtresse si je peux aller aux toilettes, elle me répond sans me regarder que je dois patienter, c'est bientôt l'heure du repas. Elle est toujours en colère, je le sens dans sa réponse. Je tente de relire le problème que nous devons résoudre dans notre cahier, mais on dirait que les mots tournent sur la page, je ne réussis pas à lire, encore moins à comprendre ce qu'on me demande.

– Ça va pas ? me demande Tom, assis derrière moi.

– J'ai mal à la gorge quand j'avale, j'ai le nez qui coule et les oreilles bouchées. Et puis j'ai froid.

– Tom, Enzo, voulez-vous bien arrêter de discuter, s'il vous plaît ? nous ordonne sèchement Mme Lebreton.

– Madame, répond Tom en levant la main, je crois qu'Enzo est malade.

Alors la maîtresse s'approche de moi, me regarde et touche mon front :

– Tu ne te sens pas bien ?

Je lui répète la liste des symptômes que je ressens et elle conclut :

– Ça devait arriver ! Est-ce que ton papa est disponible pour venir te chercher ? Je pense que tu as un peu de fièvre, nous allons l'appeler.

Pendant que les autres sont partis à la cantine, je patiente dans le bureau de la directrice. Papa doit arriver, j'ai préparé toutes mes affaires et je l'attends, manteau sur le dos. Je tremble toujours de froid.

– Voilà ton papa, dit Mme Merceau, la directrice, en se levant pour aller ouvrir.

– Eh bien, mon Zozo !

Mon Zozo ! À l'école ! Il exagère, mais je n'ai pas la force de râler.

– Je suis venu aussi vite que j'ai pu.

Je me lève et j'entends papa qui salue la directrice et la remercie. Elle me souhaite bon rétablissement :

– Et puis, pour tes devoirs, j'ai vu avec Mme Lebreton, Apolline te les apportera.

Elle a dû oublier qu'Apo est absente. Papa me tend la main, mais pas question de traverser la cour comme ça. Alors à la place je lui donne mon sac. Ses yeux passent de mon sourire au cartable et du cartable à mon sourire, puis il me suit à l'extérieur du bureau.

Dans la voiture, papa téléphone, je n'écoute que d'une oreille puisque l'autre est bouchée.

Je somnole en regardant défiler les immeubles, les yeux dans le vague, je ne reconnais rien, juste des taches floues et grises. De temps en temps une vitrine éclairée met un peu de lumière dans le paysage. Finalement, papa raccroche :

– Ça tombe mal, c'est justement un après-midi où je travaille. Je vais te déposer chez Lucie. Elle t'attend.

Je lui souris pour toute réponse. Lucie, c'est ma tante, la sœur de papa. Elle n'a pas eu d'enfant et je crois que ça lui manque, alors chaque fois que je suis chez elle, je bats le record de l'enfant le plus gâté du monde. Vu mon état, elle va sûrement sortir l'artillerie lourde : chamallows, chocolat chaud, crêpes à la confiture d'abricots et limonade au sirop. Avec cette gorge qui me pique, un peu de sucre et du repos, ça me fera du bien.

Elle n'habite qu'à vingt minutes de chez nous, mais le trajet me semble interminable. J'ai le front tout mouillé et je n'ai plus froid du tout.

– Papa, je demande faiblement, comme si je

venais de me réveiller, tu veux bien baisser le chauffage de la voiture ? J'ai chaud maintenant.

– D'accord, mais enlève ton manteau, me propose-t-il. Je vais appeler le docteur Fard.

Papa raccroche et me regarde dans le rétroviseur :

– Eh bien, même pas une remarque sur le téléphone au volant, tu dois vraiment pas être en forme ! Bon, rendez-vous chez le médecin à 15 h 30, Lucie t'emmènera. Tiens, mais où est ton pull ?

La question a le mérite de me réveiller complètement. Le pull ! J'ai oublié que je suis en tee-shirt, que mon pull SuperDoggy, dont papa est si fier, est en boule dans le fond de mon sac, alors que je suis censé l'avoir sur le dos.

J'essaie de réfléchir à toute vitesse, de trouver une réponse qui fonctionne, une excuse que papa comprendra, pendant qu'il continue de me jeter des petits coups d'œil dans le rétroviseur, en attendant ma réponse. Il ralentit, met son clignotant et la voiture tourne à droite.

– Tu es bien parti à l'école avec, ce matin ? insiste-t-il.

Au coin de la rue, dans la vitrine de la boulangerie, une baguette en néon rouge clignote. Alors il me vient une idée :

– Je l'ai donné à un enfant de mon âge qui vit sur un carton dans la rue, sur le chemin de l'école. Il n'a pas de maison. Il faisait très froid ce matin, à cause du vent, et il n'avait qu'un tee-shirt, alors…

Je ne termine pas mon mensonge et je n'arrive pas à savoir ce que pense papa qui me regarde toujours dans le rétroviseur.

La voiture s'arrête à un feu rouge. Papa se tourne vers moi et me sourit :

– Mon Zozo ! Ton pull SuperDoggy !

Je n'arrive pas à comprendre s'il est fâché ou non.

– Je sais, une fois tu m'avais dit de ne pas m'approcher des SDF parce que…

– Tu as bien fait ! me coupe papa. Si un enfant de ton âge vit dans la rue, tu as eu raison de l'aider. Je suis fier de toi !

Je soupire, rassuré.

– Et pour le pull, je t'en tricoterai un autre !

# IX

Le soir, je vais déjà mieux, plus de fièvre et ma gorge n'est plus en feu dès que j'avale ma salive. Pourtant je ne me sens pas très bien d'avoir menti à papa. Je ne le fais jamais et j'ai peur de sa réaction quand il découvrira mon pull au fond de mon sac. Mais plus moyen de reculer, de dire la vérité, d'avouer que je n'aime pas ce pull, que SuperDoggy, c'est pour les bébés et que c'est sûrement parce que je vais à l'école en tee-shirt, avec le pull dans mon sac, que je suis malade. La petite boule dans mon ventre prend de plus en plus de place. On dirait une pelote pleine de nœuds. Trois petits coups frappés à la porte de ma chambre me font sursauter. La porte s'entrouvre et Apo apparaît :

– Salut ! Je t'apporte les devoirs !

Alors je me souviens que j'ai aussi menti à Apo, et le paquet de nœuds grossit un peu. J'essaie de faire quand même une blague :

– Je crois que je suis trop malade pour travailler !

– Allez, arrête, ton père m'a dit que tu as passé l'après-midi chez ta tante ! J'imagine que tu as eu droit à tout ce qui rime avec angine : sirop de grenadine, clémentines et caramel-praline !

– Non, la rime du jour était en -ure : tartines de confiture, films d'aventures, sirop de mûres et gâteau au yaourt nature ! Mais comment tu les as eus, les devoirs, si t'étais pas à l'école ?

Apo ne me répond pas tout de suite.

– Je suis désolée ! Ma mère avait pris un rendez-vous chez le dentiste pour moi ce matin. Sans me le dire. Elle me l'a annoncé au petit-déj' ! J'avais pas le choix. Et le pire, c'est qu'elle ne m'a même pas emmenée, j'y suis allée avec Maria ! Quand je suis revenue à l'école ce midi, t'étais déjà parti, Tom m'a raconté que t'étais malade et la maîtresse m'a demandé de t'apporter les devoirs.

Elle s'arrête de parler et nous restons silencieux.

Puis elle dit :

– Tom m'a aussi dit que la maîtresse t'as mis un mot pour ton père ! Il a pas trop ragé ?

– Je ne lui ai pas encore montré…

– On a fêté l'anniversaire de Margot en classe cet après-midi, dit Apo pour changer de sujet. Elle avait apporté des bonbons, mais je vois que ce n'est pas la peine que je te donne ta part, t'en as déjà beaucoup trop mangé !

Je lui envoie mon oreiller, qui atterrit sur le bureau et fait tomber le globe terrestre. Nous nous regardons, silencieux, craignant la réaction de papa. Mais rien. Comme s'il n'avait pas entendu :

– Il doit être en train de…

– Tu retournes chez ta tante demain ? me coupe Apo.

Ouf ! Un peu plus et je lui disais que papa tricote.

– Non. Le médecin a ordonné que je reste au chaud encore une journée, mais papa ne travaille pas demain, il doit…

– … t'offrir un nouveau pull SuperDoggy ?

– Non, non, il n'a pas dit qu'il en achèterait un autre ! Heureusement !

– Ouais, mais fais gaffe, il pourrait t'en tricoter un !

– Quoi ? Mais comment tu le sais ?

Apo me regarde en souriant.

– Qu'est-ce que tu crois ? Que tu peux me mentir sans que je le devine ? Ou que j'ai traversé ton salon avec les yeux fermés ?

La boule dans mon ventre prend toute la place. Je baisse les yeux.

– Franchement, faudrait être idiote pour pas voir que ton père tricote. Même les tasses à café sont entourées d'un mini-pull en tricot ! Il y a en a partout, dans toutes les pièces.

– Sauf dans les toilettes !

– Ah, oui, c'est vrai, répond Apolline. Pourtant, il pourrait faire un super couvercle en laine polaire !

– Arrête, ne lui donne surtout pas cette idée !

– Et puis, il suffit de regarder le pull pour voir qu'il est tricoté à la main et qu'il ne vient pas d'un magasin. Il n'a aucune étiquette !

Apo se tait, je ne la regarde pas et tout à coup je reçois l'oreiller en pleine figure.

– Tiens, bien fait pour toi, espèce de sale menteur !

Je lève les yeux vers Apo, en lui faisant mon regard rempli d'excuses. Elle dit :

– Mais t'inquiète, je comprends. Je ne voudrais pas que tout le monde sache que ma mère est spécialiste de mécanique moto !

– Oui, mais les autres de l'école ne diront pas comme toi… Un père qui tricote, c'est la honte !

– Oh, tu sais, si ça se trouve, le père de Léo est super doué en couture et la mère de Tom aime la chasse ! Qui a décidé que les papas ne pourraient pas tricoter? Par contre, SuperDoggy en CM1, ça, c'est trop la honte!

– Tu comprends pourquoi je ne peux pas juste lui dire que je n'aime pas le pull!

Apo ne répond pas et me sourit. Elle se lève, attrape son sac, en sort le pull noir et me le tend:

– Mais, ta mère ne...

– Ma mère ne s'apercevra même pas que je ne l'ai plus! Elle n'ouvre jamais mon armoire, c'est Maria qui s'occupe du linge à la maison! J'adorerais avoir un pull fait par mon père, mais ils n'ont même pas le temps de m'emmener chez le dentiste, alors me tricoter un pull! Tu peux le garder!

Maria, c'est la dame qui travaille chez Apo, une sorte de gouvernante, comme dans les dessins animés. Elle s'occupe d'Apo, du linge, des courses, des repas... Les parents d'Apo ne sont jamais là, ils travaillent tout le temps, je n'ai pas vraiment compris ce qu'ils font, mais ils gagnent beaucoup d'argent et Apo est très souvent toute seule avec Maria qui lui prépare à manger, cuisine d'excellentes brioches et s'occupe de la maison. C'est tout le contraire de mon père qui travaille à mi-temps et a plein de moments libres pour tricoter.

– Merci, Apo !

– En échange, promets de ne plus me mentir ! Je suis ta meilleure copine ou pas ?

– Promis.

Je baisse de nouveau les yeux, la pelote dans mon ventre se dénoue un peu. Apo sourit :

– Bon, alors, on les mange, les bonbons de Margot ?

– Bah, je croyais que c'était juste ma part !

– C'est vrai, mais pour te faire pardonner de m'avoir menti, tu dois m'en filer la moitié ! Et je suis sympa, parce que tu mériterais de ne pas en avoir du tout !

J'accompagne Apo jusqu'à la porte :

– Merci, à demain ! Et t'inquiète, je ne dirai à personne que ta mère répare les pots d'échappement de moto !

– Très drôle ! À demain !

Elle me fait un signe de la main et ajoute :

– Bon courage pour ce soir, pour dire à ton père que tu as eu un mot…

Elle se sauve en courant dans l'escalier. Je la regarde partir et je m'en veux un peu de ne pas lui avoir parlé de mon mensonge à papa. Alors que l'on vient de se faire une promesse.

# X

La matinée du lendemain se déroule comme je l'avais imaginée. Papa a fait quelques courses pour compléter le stock de chocolat et de bonbons dont j'ai besoin, parce que je suis malade, puis il s'est installé devant son ordinateur, aiguilles à tricoter en main et pelotes de laine sur le bureau. J'entends Marie-Pierre Pelote qui raconte des trucs que je ne comprends pas :

« … refaites un rang blanc, avec deux mailles en l'air pour tourner, puis sautez la première maille de la chaînette, et tricotez deux brides dans la maille suivante et sautez une… »

Lorsque je lui demande ce qu'il tricote, il coupe la vidéo de Marie-Pierre Pelote et refuse de me répondre.

– Ne regarde pas, c'est une surprise ! Mais je suis sûr que tu vas adorer !

– Super, je réponds en faisant semblant d'être très content.

Mais au fond de moi, j'espère que ce n'est pas un nouveau pull, pour remplacer celui que je suis censé avoir donné et qui est en fait au fond de mon sac. Je file dans ma chambre et Marie-Pierre Pelote reprend :

« … montez cinquante-cinq mailles et travaillez au point jersey sur trente centimètres en finissant par un rang à l'endroit… »

Plus tard, papa m'appelle :

– Enzo ? Téléphone !

J'arrive en courant et attrape le combiné :

– Bonjour, Enzo, c'est maman.

Je suis d'abord étonné qu'elle téléphone à la maison en plein milieu de matinée, alors que je devrais être à l'école.

– Ton papa m'a avertie que tu étais à la maison avec une vilaine angine.

– Ça va déjà mieux.

– Oh ! j'imagine qu'il a sorti les remèdes magiques : bonbons au miel et glace caramel ?

– C'est à peu près ça…

– En tout cas, il m'a raconté ce que tu as fait avec le pull qu'il t'avait tricoté. Je suis fière de toi, mon chéri, c'est très généreux de ta part !

Le petit mensonge ne s'arrête plus de grossir… Papa, Apo, et maintenant maman. J'ai mal au ventre, la petite boule qui m'avait laissé un peu tranquille fait des saltos dans tous les sens, s'emmêle, fait des nœuds.

L'après-midi, comme je vais un peu mieux, je demande à papa si je peux sortir :

– Si je me couvre bien, un pull, une écharpe et mon manteau, je peux ?

– Oui, il ne fait pas froid. Ça te fera du bien de prendre l'air. Et, pendant ce temps-là, tu ne seras pas là à essayer de regarder par-dessus mon épaule, me répond-il.

J'attrape mon sac à dos. Dans le fond, bien

replié, j'ai mis le pull SuperDoggy. Lorsque j'ouvre la porte de la maison, papa me crie depuis le salon :

– Prends de l'argent et va à la boulangerie acheter un goûter pour Apolline et toi. Elle doit venir tout à l'heure pour t'apporter tes devoirs.

– Merci, papa.

Ça tombe bien, la boulangerie près de chez Apo, c'est là que j'avais l'intention d'aller.

En face de la boulangerie, la dame est là, assise par terre. Mais pas le garçon. Devant elle, deux hommes sont accroupis, en train de lui parler. Ils portent un dossard, comme ceux qu'on a à l'école pour le sport. Mais sur ceux-là, il y a une croix rouge, la même que sur les ambulances. L'un des deux a posé son sac à dos sur le sol et lui tend un sachet qu'elle refuse de prendre. Je la vois qui fait non avec la tête. Elle a les yeux baissés, ne les regarde pas. Le premier remet le sachet dans son sac à dos, se relève et s'éloigne un peu, sort son téléphone portable et commence à parler à quelqu'un en faisant des allers-retours sur le trottoir. Ce n'est pas vraiment ce que j'avais prévu. J'espérais les rencontrer, elle et le garçon, comme l'autre jour avec Apo. Alors j'aurais pu leur parler et donner mon pull au garçon. Tant pis, je peux quand même le donner à sa mère. J'inspire un grand coup et je traverse la rue dans leur direction. À ce moment-là, l'homme raccroche son téléphone et revient vers la dame, il me regarde traverser et m'adresse un sourire. Je ne peux pas faire demi-tour, j'avance et j'entends la dame qui se fâche, qui demande qu'on *lui foute la paix*. Je reviens sur mon trottoir et entre dans la boulangerie, on verra après.

Après, ce n'est pas très long. Une ou deux minutes. Les deux hommes sont toujours là, ils essaient toujours de lui parler, mais elle n'a pas l'air décidé à les écouter. Je range le sachet de pains au chocolat dans mon sac à dos, pardessus le pull que je ne sors même pas. Impossible de m'approcher. Pourtant, je n'arrive pas à partir. Je reste là, à les observer. La dame tourne la tête vers moi, me regarde longtemps, je suis pétrifié et tout à coup elle se met à parler très fort, comme si elle était en colère. Une grosse goutte s'écrase sur ma tête, puis une deuxième. La pluie est forte et soudaine, comme un orage, alors le premier homme sort un parapluie de son sac et le propose à la dame qui le saisit tout en disant qu'elle n'en veut pas. Puis tous les trois se dirigent vers le camion garé plus loin et que je n'avais même pas remarqué. L'eau tombe de mes cheveux trempés, dégouline sur mon visage. Je finis par faire demi-tour, tant pis.

Je rentre à la maison. Et, pendant tout le trajet, je me demande si c'était une bonne idée, finalement.

# XI

Quand je suis revenu, papa s'est fâché :

– Mais enfin, Enzo, regarde dans quel état tu es ! Tu es déjà malade et tu restes sous la pluie !

J'ai eu beau expliquer que la pluie était arrivée d'un seul coup et très fort et que je n'avais pas eu le temps de me mettre à l'abri, papa est resté en colère une bonne partie de la soirée.

Apo est venue m'apporter les devoirs, mais elle n'est restée que quelques minutes, Maria l'attendait pour l'emmener à son cours de piano. De toute façon, les pains au chocolat étaient immangeables. Ils n'avaient pas supporté la pluie qui a continué de tomber jusque très tard dans la nuit. Seul dans mon lit, je l'écoutais taper contre les volets et je pensais à la dame et au garçon.

Est-ce qu'ils avaient trouvé un endroit au sec pour la nuit ? Où dormaient-ils ?

Je me sentais idiot d'avoir renoncé, de ne pas m'être approché. En même temps, les mots de papa résonnaient encore dans ma mémoire. J'ai fini par m'endormir, bercé par le bruit de la pluie.

Ce matin, j'ai décidé de réussir, d'aller jusqu'à eux pour leur donner le pull, comme ça le mensonge à mes deux parents n'en sera plus un. Je me suis répété des dizaines de fois la scène :

Je m'approche en souriant, je dis : « Bonjour, excusez-moi de vous déranger, je sais qu'il fait froid, que l'hiver arrive, et j'ai un pull qui est trop petit pour moi, mais qui devrait aller à votre garçon. » Alors je le sors de mon sac et je le tends, en souriant toujours. C'est encore un mensonge, le pull n'est pas trop petit, mais ce n'est pas un très gros mensonge et il ne devrait pas me causer de problème, celui-là. Ensuite je fais demi-tour et je rentre. Normalement, je serai revenu avant le retour de papa de sa partie de tennis du samedi entre collègues, je n'aurai même pas à lui en parler. J'ajoute quelques bonbons dans mon sac, pour le garçon.

Mais lorsque j'arrive au coin de la rue, devant la boulangerie, le trottoir d'en face est vide. Il ne reste que quelques cartons trempés, des sacs plastique que le vent fait battre et la petite boîte en métal. La dame n'est pas là. Je m'en veux encore plus de ne pas avoir donné le pull hier. Peut-être qu'ils sont partis définitivement. Je grommelle, je n'arriverai jamais à me débarrasser de ce maudit pull ! Je vais devoir le mettre à l'école et entendre tout le monde me traiter de bébé ! Je me fâche tout seul, je suis en colère et je marche sans réfléchir à l'endroit où je vais.

Marcher me calme un peu et, comme le soleil est revenu ce matin, je décide de continuer à me promener. Je finirai peut-être par avoir une idée.

Apo !

Voilà l'idée ! Peut-être qu'Apo connaît leur nom, les endroits où ils dorment, où ils se réfugient. Je me mets à courir et j'arrive chez elle complètement essoufflé :

– Bah, qu'est-ce qui t'arrive, t'es tout rouge ! T'es poursuivi par des zombies ou quoi ?

Je lui raconte, en essayant de récupérer mon souffle : le mensonge à mon père, qui l'a répété à ma mère, mon idée géniale… puis, plus calmement, ma trouille devant les SDF, l'épisode sous la pluie d'hier après-midi, le trottoir vide de ce matin, puis mon espoir qu'elle sache où ils sont. Je parle sans m'arrêter, j'ai peur qu'elle ne se moque de moi ou, pire, qu'elle ne m'en veuille de lui avoir caché une fois de plus la vérité. Mais quand j'arrête de parler, elle m'adresse un grand sourire.

– Tu n'es pas fâchée ?

– Bien sûr que non, espèce d'idiot ! Ton idée est géniale !

– Alors, on y va ?

– Je ne sais pas du tout où ils peuvent être.

Ils étaient installés sur ce trottoir depuis la rentrée seulement, ça fait juste quelques semaines, et à part leur avoir donné du pain cinq ou six fois, je ne sais rien d'eux. Je ne connais même pas leur prénom. Désolée.

– Pas grave. Je dois rentrer, papa a bientôt fini son tennis, et je ne suis pas autorisé à sortir après mon retour trempé d'hier.

En chemin, je suis tenté plusieurs fois d'abandonner le pull dans une des poubelles de la rue. Mais je me retiens. Après tout, c'est quand même un pull tout neuf, tricoté par papa en plus.

En coupant par le parc, je devrais être pile à l'heure à la maison. J'espère juste de ne croiser que des canards sur le lac et pas de copains de la classe.

Alors que je longe les balançoires, je l'aperçois sur un banc, assis tout seul. Je regarde mieux, pour être sûr ; oui, c'est bien lui, le garçon sans abri. Il ne porte toujours qu'un vieux tee-shirt Snoopy assez sale et un pantalon troué aux genoux et déchiré en bas. Je me mets à courir vers lui, puis m'arrête. Je ne dois pas rater mon coup cette fois. Je me répète ce que j'avais prévu de dire, en changeant un peu, puisque je vais parler avec lui, plutôt qu'avec sa mère.

Quand je suis près de lui, je remarque ses chaussures, des sandales d'été. Ce ne sont pas les deux mêmes. Une des deux est trop petite, son pied dépasse.

– Salut, euh… je m'appelle Enzo, je peux m'asseoir avec toi ?

Il me regarde avec de grands yeux, sans répondre, puis il hoche la tête. Je m'assieds et sors le pull de mon sac :

– C'est pour toi, j'ai vu que tu n'en avais pas.

Il fronce les sourcils et se lève en me disant :

– Je pas français. Désolé.

J'ai l'air malin avec le beau discours que j'avais préparé. J'essaie encore, en faisant aussi des gestes pour qu'il comprenne :

– Le pull, c'est pour toi ! C'est SuperDoggy, tu le connais ?

Je lui tends le pull en montrant le dessin avec mon doigt. Je souris le plus possible. Il prend le pull et me sourit à son tour :

– баркал.

Il enfile le pull qui est exactement à sa taille et il me répète :

– баркал.

Puis il pointe SuperDoggy et lève un pouce en l'air, comme mon père. Je ne parle pas un mot de sa langue, mais ça, je sais ce que ça veut dire. Et son sourire doit vouloir dire « merci ».

Il me serre la main et je repars en direction de la maison ; cette fois, je suis en retard, c'est sûr. Mais je veux bien me faire gronder par papa, ce n'est pas grave. C'est comme si, d'un seul coup, je venais de défaire tous les nœuds de la pelote dans mon ventre.

# XII
## Deux mois plus tard

8 h 20. Apo doit arriver devant le portail du chien qui louche, mais on ne s'y retrouvera pas ce matin. C'est papa qui m'emmène à l'école. Première surprise de la journée : il a neigé toute la nuit ! Les rues sont toutes blanches – avec les vacances de Noël qui commencent ce soir, ça ne pouvait pas mieux tomber.

Papa se gare sur le parking de l'école, nous sommes juste à l'heure. La cour est recouverte de neige et de la vapeur sort de nos bouches quand on souffle. Tandis que papa se dirige vers la maîtresse, je rejoins Apo et Idris qui discutent près du poteau de basket. Idris porte *mon* pull

SuperDoggy, et lorsque j'arrive près d'eux il me dit :

– Le pull parfait pour neige !

Depuis que j'ai eu une angine et que j'ai donné mon pull à Idris, il s'est passé beaucoup de choses. Et la plus importante, c'est qu'Idris est arrivé dans notre classe.

Pendant les vacances à Lannion, maman a voulu que je lui raconte encore l'histoire du pull. Avec papa, ils ont contacté une association d'aide aux sans-abri de la ville. Les membres de l'association connaissaient bien Nadine et Idris. Ce sont eux que j'ai vu discuter avec elle devant la boulangerie, le jour de l'orage. Nadine vit dans la rue depuis de nombreuses années et, depuis quelques semaines, elle s'occupait d'Idris. L'association a trouvé un foyer d'accueil pour Idris pour qu'il ne dorme plus dehors. Et une école, la nôtre ! Dans notre classe, il apprend le français et il a déjà super progressé.

À la rentrée, papa avait voulu rencontrer la maîtresse pour discuter du mot qu'elle avait écrit dans mon cahier. Papa lui avait expliqué ce que j'avais fait de mon pull SuperDoggy, et quelques jours plus tard la maîtresse en avait parlé à toute la classe. Et on s'était demandé comment chacun de nous pourrait apporter son aide. C'est Apo qui avait eu une super idée.

– On n'a qu'à faire du tri dans nos vêtements, on a tous des pantalons trop petits ou des pulls qu'on veut plus mettre parce que dessus…

– Excellente idée, Apolline, l'avait coupée la maîtresse en me souriant.

En rentrant le soir, j'avais expliqué à papa l'idée d'Apolline et nous avions fait du tri dans ma grande armoire. Des pulls trop petits, des pantalons trop courts, des tee-shirts que je ne portais plus, des chaussettes… Nous avions une grosse pile de vêtements à donner.

La sonnerie de l'école retentit, nous entrons en classe et Mme Lebreton présente mon père à la classe :

– Les enfants, comme je vous l'avais annoncé,

nous allons profiter de ce dernier jour avant les vacances pour mettre sur pied une action d'aide aux autres.

Toute la classe est hyper silencieuse, comme la première fois qu'Idris a commencé à nous raconter son parcours pour arriver jusque dans notre ville. Avec ses mots à lui et son français plein d'erreurs, mais on a quand même compris qu'il avait voyagé caché dans un camion, qu'il avait été séparé de ses parents pendant le trajet et qu'il était arrivé ici sans eux, mais avec trois autres jeunes de son village. Deux d'entre eux sont aussi dans notre école, dans une autre classe. Ses yeux étaient tout rouges, et il n'avait rien dit de plus, pas un mot sur les nuits dehors, le froid, la pluie, l'aide de Nadine, qui n'est donc pas sa mère.

La maîtresse nous montre un reportage qui parle de ces sans-abri qui dorment dehors alors que, comme aujourd'hui, il neige. On voit le travail des bénévoles, les distributions de repas chauds, les maraudes, leur mission dans les rues pendant toute la nuit pour repérer des sans-abri, leur offrir un café chaud, une couverture.

Nous écoutons attentivement. Au fond de la classe, dans un grand carton, se trouve une montagne de pulls, de pantalons, de chaussettes et de tee-shirts que les élèves ne portent plus.

La maîtresse nous félicite pour cette collecte et demande à papa de s'approcher. La petite boule dans mon ventre se remet à gigoter, mais ce n'est pas désagréable, cette fois.

– J'ai invité le papa d'Enzo qui apporte son soutien à une association d'aide aux sans-abri. Et il va vous expliquer comment.

Papa sort de son sac deux pulls en laine.

– Bonjour, les enfants. J'ai décidé de participer à votre collecte, mais j'ai voulu y apporter des vêtements neufs, pas seulement ceux trop petits pour Enzo ou démodés. Et pour ça, j'ai décidé de les tricoter.

Pendant une seconde, j'ai un peu peur des réactions des autres, mais personne ne rit. Tout le monde est calme et concentré.

Papa n'a pas arrêté de tricoter, il est même complètement mordu de tricot, mais il ne fait plus que des trucs utiles.

Il explique qu'il tricote des pulls, des chaussettes, des bonnets, des moufles, de toutes les couleurs et de toutes les tailles, qu'il les donne ensuite à l'association qui les distribue aux sans-abri.

– Bien sûr, j'ai moins de temps pour tricoter pour Enzo, ajoute-t-il en me souriant.

– Comme ça tu n'auras jamais de cache-cuvette de toilettes en laine, me chuchote Apo.

Papa continue :

– Mais je suis aussi là aujourd'hui pour vous présenter un atelier qui va se mettre en place, à l'école, pour vous et aussi pour les parents qui le souhaitent. On pourra apprendre à tricoter, et ensemble on fabriquera des vêtements pour l'association.

Les élèves de ma classe ont l'air de trouver que c'est une bonne idée.

– Qui serait intéressé, qui voudrait apprendre à tricoter ? demande la maîtresse.

Apo lève tout de suite la main. Mais elle n'est pas la seule. Presque toute la classe lève la main. Même les garçons. Même Tom et Léo.

Je les regarde tous, et je n'ai plus du tout honte de le dire : mon père tricote !

– Eh bien, Enzo, tu ne veux pas participer ? s'étonne la maîtresse.

Je m'empresse de lever la main, moi aussi !

Après les vacances, un club tricot va donc débuter dans le foyer de l'école… et c'est papa qui l'animera !

# XIII

– Salut, Enzo !

– Salut, Tom, bonnes vacances !

– Ouais, bonnes vacances. Et, au fait, trop cool ton pull !

Je souris et Tom sort de l'école en courant. Apo arrive derrière lui.

– C'est vrai qu'il est top, ce pull ! T'as vraiment de la chance que ton père tricote. Moi, j'aimerais bien que…

– … ta mère répare des motos ?

Elle me jette un regard noir mais n'arrive pas à rester sérieuse.

Nous enfilons nos manteaux, nos écharpes et nos bonnets. Idris nous rejoint dans le couloir.

Il n'est que 16 h 30, mais il fait déjà presque nuit. Nous traversons la rue en nous dépêchant tout en restant prudents, parce que le trottoir est glissant. On a un peu l'impression de faire du patin à glace. Nous nous arrêtons devant le portail du chien qui louche.

– On se retrouve au parc demain ? On pourrait faire un bonhomme de neige !

– Un bonhomme de neige qui tricote, ou une bonne femme de neige qui fait de la mécanique ? nous demande Apo en faisant semblant d'être agacée.

– Une bonne femme ? De la mécanique ? demande Idris qui n'a pas compris.

– On n'aura qu'à en faire deux, comme ça, pas de jaloux, madame Apolline !

Nouveau regard noir, elle déteste que je l'appelle Apolline, et encore plus madame Apolline.

– J'apporterai des écharpes. Il paraît que c'est le truc le plus facile à tricoter, mon père en a fait plein au début. Si on les met bout à bout, je suis sûr que ça fait plus d'un kilomètre d'écharpes !

– Ensuite, on voit le lumière Noël qui bouge dans magasin, suggère Idris.

Papa arrive au bout de la rue.

– À demain, me disent Apo et Idris.

Je rejoins papa qui sautille sur place, un bonnet qu'il a tricoté lui-même sur la tête, en soufflant dans ses mains. Il m'en tend une, je la saisis, même si je ne suis plus un bébé. Alors il me tire à lui et passe son bras par-dessus mon épaule :

– Je suis fier de toi, Enzo !

Pas de surnom… Je souris et je ne réponds rien. Nous marchons quelques pas dans la neige qui recommence à recouvrir les trottoirs, au-dessus de nous, les guirlandes lumineuses de Noël s'allument.

– Tu crois qu'on pourrait inviter Idris à la maison ? Pour fêter Noël ?

Nous continuons à marcher et papa ne me répond pas. La petite boule essaie de reprendre sa place dans mon ventre.

– Ce n'est peut-être pas une bonne idée, on fait déjà beaucoup de choses et…

Je ne termine pas ma phrase.

Après quelques pas dans la neige, c'est papa qui me dit :

– Tu te souviens, une fois, au centre commercial, nous avions croisé un SDF et je t'avais expliqué que…

– … que l'on ne peut pas aider tout le monde, oui je sais. Alors ça veut dire que pour le repas de Noël à la maison… ?

La boule s'installe et s'emmêle. Papa ne dit rien, nous continuons à marcher, et je tente à nouveau :

– On ne peut pas aider tout le monde, mais, tu vois, on peut quand même faire quelque chose. Idris, c'est pas tout le monde, et lui, ça l'aide beaucoup !

– Mon Zozo, sourit papa. J'ai déjà parlé de ce repas de Noël avec la directrice du foyer. Il ne te reste plus qu'à inviter officiellement Idris.

Alors la petite boule se desserre. Je souris à papa qui ajoute :

– On devrait se dépêcher de rentrer avant que la neige ne nous ait transformés en bonshommes de neige ! Ah, et au fait, les parents d'Apolline partent en voyage d'affaires et ils sont d'accord pour qu'Apolline passe Noël avec nous !

Cette fois, la pelote quitte mon ventre, tous ses nœuds avec elle et j'ai envie de sauter sur place :

– Merci, papa !

– Oui, tu as raison, remercie-moi, parce que, avec tous ces enfants à table, pour moi la soirée ne va pas être un cadeau !

Papa saisit de la neige sur le muret situé près de lui et forme une boule qu'il me jette alors que je me mets à courir à toute vitesse.

– On n'a qu'à inviter Marie-Pierre Pelote !

Des mêmes auteurs à *l'école des loisirs*

Collection Moucheron

Série Oscar et Carrosse

*La soupe de pâtes*
*La fête foraine*
*Quel cirque !*
*Le poisson rouge*